TOUJOURS PARFAIT
Lecture progressive

Les petits cochons

Réinventé par **Liza Charlesworth**
Illustrations d'Ian Smith
Texte français d'Hélène Rioux

Catalogage avant publication de Bibliothèque et Archives Canada
Charlesworth, Liza
(Three little pigs. Français)
Les trois petits cochons / Liza Charlesworth ; illustrations de Ian Smith ;
texte français d'Hélène Rioux.
(Toujours parfait, lecture progressive)
Traduction de : The three little pigs.
ISBN 978-1-4431-4742-2 (couverture souple)
I. Smith, Ian (Ian Alan), illustrateur II. Titre. III. Titre: Three little pigs. Français.
PZ23.C427Trc 2015   448.6   C2015-902669-5

5 4 3 2 1   Imprimé au Canada 119   15 16 17 18 19

Conception graphique de Maria Mercado

FSC
www.fsc.org
MIXTE
Papier issu
de sources
responsables
FSC® C103113

SCHOLASTIC

Voici les trois petits cochons.

Et voici le grand méchant loup.

— Miam! dit le loup. Je raffole des petits cochons!

Les petits cochons construisent des maisons pour être à l'abri.

Le premier petit cochon
construit une maison de paille.

Le loup souffle si fort que la maison s'écroule.

Le deuxième petit cochon
construit une maison de bois.

Le loup souffle si fort
que la maison s'écroule.

Le troisième petit cochon
construit une maison de brique.

Il invite les deux autres
à se mettre à l'abri.

Puis le loup arrive
et se met à souffler.

Il souffle fort.
Encore et encore!

Le loup a beau souffler, il
ne peut pas détruire la maison.
Alors il s'en va en courant.

Les trois petits cochons
sont bien contents.
Ils dansent en rond!

Compréhension du texte

1. Pourquoi le troisième petit cochon invite-t-il les deux autres à entrer chez lui?

2. Pourquoi le loup ne peut-il pas détruire la maison du troisième petit cochon?

3. Le troisième petit cochon est intelligent. Trouve trois autres mots pour le décrire.